荀子卷第三

登仕郎守大理評事楊倞注

非相篇第五

相視也視其骨狀以知吉凶貴賤也妄誕者多以此惑世時人或矜其狀貌而忽於務實故荀卿作此篇非之漢書刑法家有相人二十四篇

相人古之人無有也學者不道也道說古者有姑布子卿姑布姓子卿名相趙襄子者或本無姑字今之世梁有唐舉相李兌蔡澤者相人之形狀顏色而知其吉凶妖祥世俗稱之古之人無有也學者不道也再三言者深非之也故相形不如論心論心不如擇術術道術也形不勝心心不勝術術正而心順則形相雖惡而心術善無害爲君子也形相雖善而心術惡無害爲小人也君子之謂吉小人之謂凶故長短小大善惡形相非吉凶也古之人無有也學者不道也蓋帝堯長帝舜短文王長周公短仲尼長子弓短子弓蓋仲弓也言子者著其爲師也漢書儒林傳馯臂字子弓江東人受易者也然馯臂傳易之外

更無所聞荀卿論說常與仲尼相配必非馯臂也馯音寒昔者衛靈公有臣曰公孫呂身長七尺面長三尺焉廣三寸鼻目耳具而名動天下面長三尺廣三寸言其狹而長甚也鼻目耳雖皆具而相去疏遠所以爲異名動天下言天下皆知其賢或曰狹長如此不近人情恐文句誤脫也楚之孫叔敖期思之鄙人也杜元凱云期思楚邑名今弋陽期思縣鄙人郊野之人也突禿長左軒較之下而以楚霸突謂髮短可陵突人者故莊子說趙劍士蓬頭突鬢長左左脚長也軒較之下而以楚霸言脩文德不勞甲兵遠征伐也說文云軒曲輈也鄭注考工記云較兩輢上出式者詩曰猗重較兮葉公子高微小短瘠行若將不勝其衣葉公楚大夫沈尹戌之子食邑於葉名諸梁字子高楚僭稱王其大夫稱公白公亦是也微細也葉音攝然白公之亂也令尹子西司馬子期皆死焉白公楚太子建之子平王之孫子西楚平王長庶子公子申子期亦平王子公子結葉公子高入據楚誅白公定楚國如反手爾仁義功名善於後世故士不揣長不揳大不權輕重亦將志乎心爾揳與絜同約也謂約計其大小也絜戶結反莊子匠石見社樹絜之百圍權稱也輕重體之輕重也言不論形狀長短大小肥瘠唯在志意脩飭耳長短小大美惡形相豈論也哉且徐偃王之狀目可瞻馬徐國名僭稱王其狀偃仰而不能俯故謂之偃王周穆王使楚誅之瞻馬言不能俯

視細物遠望纔見馬尸子曰徐偃王有筋而無骨也仲尼之狀面如蒙倛倛方相也其首
蒙茸然故曰蒙倛子虛賦曰蒙公先驅韓侍郎云四目爲方相兩目爲倛倛音欺愼子曰毛嬙西施天下之至姣也衣之以皮倛則見之者皆走也周公之狀身如斷菑爾雅云木立死曰椔與菑同皋陶之狀
色如削瓜如削皮之瓜青綠色閎夭之狀面無見膚閎夭文王臣在十亂之中言多鬚髯蔽其膚也傅說之狀身如植鰭植立也如魚之立也
伊尹之狀面無須麋麋與眉同禹跳湯偏尸子曰禹之勞十年不窺其家手不爪脛不生毛偏枯之病多步不相過人曰禹步鄭注尚書大傳云湯半體枯呂氏春秋曰禹通水濬川顏色黎黑步不相過
堯舜參牟子牟與眸同參牟子謂有二瞳之相參也史記曰舜目重瞳

重瞳蓋堯亦然尸子曰舜兩眸子是謂重明作事成法出言成章當時傳聞今書傳亦難盡詳究所出也從者將論
志意比類文學邪直將差長短辨美惡而
相欺傲邪從者荀卿門人問將論志意文學邪但以好醜相欺傲也古者桀紂
長巨姣美天下之傑也筋力越勁百人之
敵也姣好也倍萬人曰傑越過人也勁勇也然而身死國亡爲天下
大僇後世言惡則必稽焉僇與戮同稽考也後世言惡必考桀紂爲證也
是非容貌之患也聞見之不衆論議之
卑爾亦非以容貌害身言美惡皆非所患但以聞見不廣論議不高故致禍耳今世俗

之亂君鄉曲之儇子方言云儇疾也慧也與喜而翾義同輕薄巧慧之子也儇火玄反

莫不美麗姚冶奇衣婦飾血氣態度擬於女子說文云姚美好貌冶妖奇衣珍異之衣婦飾謂如婦人之飾言輕細也擬於女子言柔弱便辟也

婦人莫不願得以爲夫處女莫不願得以爲士士者未娶妻之稱易曰老婦得其士夫弃其親家而欲奔之者比肩並起然而中君羞以爲臣中父羞以爲子中兄羞以爲弟中人羞以爲友不必上智皆知惡也俄則束乎有司而戮乎大市犯刑法爲有司所束縛也莫不呼天啼哭苦傷其今而後悔其始苦傷今之刑戮悔其始之所爲是非容貌之患也聞見之不衆而論議之卑爾然則從者將孰可也問從者形相與志意孰爲益乎

人有三不祥幼而不肯事長賤而不肯事貴不肖而不肯事賢是人之三不祥也言必有禍災也人有三必窮爲上則不能愛下爲下則好非其上是人之一必窮也鄉則不若偝

則謾之是人之二必窮也（鄉讀爲向若如也謾欺毀也莫干反）智行淺薄曲直有以相縣矣然而仁人不能推知士不能明是人之三必窮也（曲直猶能否也言智慮德行至淺薄其能否與人又相縣遠不能推讓明白之言不知己之不及也知音智行下孟反縣讀爲懸）人有此三數行者以爲上則必危爲下則必滅詩曰雨雪瀌瀌宴然聿消莫肯下隧式居屢驕此之謂也（詩小雅角弓之篇今詩作見晛曰消作宴然蓋聲之誤耳晛日氣也隧讀爲隨屢讀爲婁婁斂也言雨雪瀌瀌然見日氣而自消喻欲爲善則惡自消矣幽王曾莫肯下隨於人用此居處斂其驕慢之過也）

人之所以爲人者何已也曰（已與以同問何以謂之人而貴於禽獸也）以其有辨也（辨別也）飢而欲食寒而欲煖勞而欲息好利而惡害是人之所生而有也是無待而然者也（不待學而知也）是禹桀之所同也然則人之所以爲人者非特以二足而無毛也以其有辨也今夫狌狌形笑亦二足而毛也（狌狌獸似人而能言出交阯形笑者能言笑也）然而君子啜其羹食其胾（胾臠也禽獸無辨故賤而食之側吏反）故人之所以爲人

者非特以其二足而無毛也以其有辨也夫禽獸有父子而無父子之親有牝牡而無男女之別故人道莫不有辨辨莫大於分（有上下親踈之分也）分莫大於禮（分生於有禮也）禮莫大於聖王（聖王制禮者言其人存其政舉）聖王有百吾孰法焉（問聖王至多誰可爲法也）故曰文久而息節族久而絕（文禮文節制度也言禮文久則制度滅息宗族久則廢也）守法數之有司極禮而褫（褫解也有司世世相承守禮之法數至於極久亦下脫也易曰或錫之鞶帶終朝三褫之言此者以喻久遠難詳不如隨時興治褫直吏反）故

曰欲觀聖王之跡則於其粲然者矣後王是也（後王近時之王也粲然明白之貌言近世明王之法則是聖王之跡也夫禮法所興以救當世之急故隨時設教不必拘於舊聞而時人以爲君必用堯舜之道臣必行禹稷之術然後可斯惑也孔子曰殷因於夏禮所損益可知也故荀卿深陳以後王爲法審其所貴君子焉司馬遷曰法後王者以其近已而俗相類議卑而易行也）彼後王者天下之君也舍後王而道上古譬之是猶舍已之君而事人之君也故曰欲觀千歲則數今日欲知億萬則審一二欲知上世則審周道欲知周道則審其人所貴君子（謂已）

之君也審謂詳觀其道也故曰以近知遠以一知萬以微知明此之謂也

夫妄人曰古今異情其以治亂者異道而衆人惑焉彼衆人者愚而無說陋而無度者也言其愚陋而不能辨說測度度大各反下同其所見焉猶可欺也而況於千世之傳也傳傳聞也妄人者門庭之閒猶可誣欺也而況於千世之上乎聖人何以不欺曰聖人者以己度者也以己意度古人之意故人不能欺亦不欺人也故以人度人以情度情以今之人情度古之人情旣云欲惡皆同豈其治亂有異以類度類類種類謂若牛馬也以說度功以言說度其功業也以道觀盡以道觀盡物之理儒效篇曰涂之人百姓積善而全盡謂之聖人也古今一度也古今不殊盡可以此度彼安在其古今異情乎類不悖雖久同理言種類不乖悖雖久而理同今之牛馬與古不殊何至人而獨異哉故鄉乎邪曲而不迷觀乎雜物而不惑以此度之以測度之道明之故向於邪曲不正之道而不迷雜物炫燿而不惑鄉讀爲向五帝之外無傳人外謂已前也無傳人謂其人事跡後世無傳者非無賢人也久故也五帝之中無傳政非無

善政也久故也中間也五帝少昊顓頊高辛唐虞也禹湯有傳政而不若周之察也非無善政也久故也傳者久則論略近則論詳略則舉大詳則舉小愚者略謂舉其大綱詳謂周備也聞其略而不知其詳聞其詳而不知其大也唯聖賢乃能以略知詳以小知大也是以文久而滅節族久而絕凡言不合先王不順禮義謂之姦言雖辨君子不聽公孫龍惠施鄧析之屬也法先王順禮義黨學者黨親比也然而不好言不樂言則必非誠士也言講說也誠士謂至誠好善之士故君子之於言也志好之行安之樂言之故君子必辯辯謂能談說也凡人莫不好言其所善而君子爲甚所善謂己所好尚也故贈人以言重於金石珠玉觀人以言美於黼黻文章觀人以言謂使人觀其言黼黻文章皆色之美者白與黑謂之黼黑與青謂之黻青與赤謂之文赤與白謂之章聽人以言樂於鍾鼓琴瑟使人聽其言故君子之於言無厭無厭倦也鄙夫反是好其實不卹其文但好其質而不知文飾若墨子之屬也是

以終身不免埤汙傭俗（埤汙皆下也謂鄙陋也埤與庳同豬水處謂之汙亦地之下者也庳音婢汙一孤反）故易曰括囊無咎無譽腐儒之謂也（腐儒如朽腐之物無所用也引易以喻不談說者）凡說之難以至高遇至卑以至治接至亂（以先王之至高至治之道說末世至卑至亂之君所以爲難也說音稅）未可直至也遠舉則病繆近世則病傭（未可直至言必在援引古今也遠舉上世之事則患繆妄下舉近世之事則患傭鄙也）善者於是閒也亦必遠舉而不繆近世而不傭與時遷徙與世偃仰緩急嬴絀（嬴餘也嬴絀猶言伸屈也）府然若渠匽檃栝之於己也（府與俯同就物之貌或讀爲附渠匽所以制水檃栝所以制木君子制人亦猶此也）曲得所謂焉然而不折傷（言談說委曲皆得其意之所謂然而不折傷其道也）故君子之度己則以繩接人則用枻（枻牽引也度己猶正己也君子正己則以繩墨接人則牽引而致之言正己而馴致人也或曰枻當爲抴抴楫也言如以楫櫂進舟船也度大各反枻以世反韓侍郎云枻者檠枻也正弓弩之器也）度己以繩故足以爲天下法則矣接人用枻故能寬容因求以成天下之大事矣（成事在衆）故君子賢而能容罷（罷弱不任事者音疲）知而能容愚

博而能容淺粹而能容雜夫是之謂兼術粹專一也兼術兼容之法詩曰徐方既同天子之功此之謂也詩大雅常武之篇言君子容物亦猶天子之同徐方也

談說之術矜莊以莅之端誠以處之堅彊以持之分別以諭之譬稱以明之欣驩芬薌以送之寶之珍之貴之神之如是則說常無不受言談說之法如此人乃信之芬薌言至芬絜也神之謂自神異其說不敢慢也說並音稅稱尺證反薌與香同雖不說人人莫不貴不說猶貴況其說之夫是之謂爲能貴其所貴不使人賤之也傳曰唯君子爲能

貴其所貴此之謂也

君子必辯凡人莫不好言其所善所善謂所好也而君子爲甚焉是以小人辯言險君子辯言仁也仁謂忠愛之道言而非仁之中也則其言不若其默也其辯不若其吶也吶與訥同或引禮記其言吶吶然非言而仁之中也則好言者上矣不好言者下也故仁言大矣起於上所以導於下政令

是也起於下所以忠於上謀救是也謀救謂嘉謀匡救此言談說之益不可以已也如是故君子之行仁也無厭無厭倦時志好之行安之樂言之故言所以好言說由此三者也行如字君子必辯小辯不如見端端首見端不如見本分分上下貴賤之分小辯謂辯說小事則不如見端首見端首則不如見本分言辯說止於知本分而已小辯而察見端而明本分而理聖人士君子之分具矣此言能辯說然後聖賢之分具有小人之辯者有士君子之辯者有聖人之辯者不先慮不早謀發之而當成文而類言關與理會成文理而不失其類謂不乖悖也居錯遷徙應變不窮錯置也居錯安居也錯千故反是聖人之辯者也先慮之早謀之斯須之言而足聽斯須發言已可聽也文而致實博而黨正是士君子之辯者也文謂辯說之詞也致至也黨與讜同謂直言也凡辯則失於虛詐博則失於流蕩故致實黨正為重聽其言則辭辨而無統無根本也用其身則多詐而無功上不足以順明王下不足以和齊百姓然而口舌之於噡唯則節蓋謂騁口舌之辯也噡唯則節四字未詳或剩

少錯誤耳足以爲奇偉偃却之屬奇偉誇大也偃却猶偃仰即偃蹇也言姦雄口辯適足以自誇大偃蹇而已夫是之謂姦人之雄聖王起所以先誅也然後盜賊次之盜賊得變此不得變也變謂教之使自新也

非十二子篇第六

假今之世假如今之世也或曰假借也今之世謂戰國昏亂之世治世則姦言無所容故十二子借亂世以惑衆也飾邪說文姦言以梟亂天下梟與僥同欺惑愚衆矞宇嵬瑣矞與譎同詭詐也又余律反宇未詳或曰宇大也放蕩恢大也嵬謂爲狂險之行者也瑣者謂爲姦細之行者也說文云嵬高不平也今此言嵬者其行狂險亦猶山之高不平也周禮大司樂云大傀烖則去樂鄭云傀猶怪也晏子春秋曰不以上爲本不以民爲憂內不恤其家外不顧其游夸言傀行自勤於飢寒命之曰狂僻之民明王之所禁也嵬當與傀義同音五每反又牛彼反使天下混然不知是非治亂之所存者有人矣混然無分別之貌存在也縱情性安恣睢禽獸行恣睢矜放之貌言任情性所爲而不知禮義則與禽獸無異故曰禽獸行睢許季反不足以合文通治不足合於古之文義通於治道然而其持之有故其言之成理足以欺惑愚衆妄稱古人亦有如此者故曰持之有故又其言論能成文理故曰言之成理足欺惑愚人衆人矣是它嚻魏牟也它嚻未詳何代人世本楚平王孫有田公

它咸豈同族乎韓詩外傳作范魏牟牟魏公子封於中山漢書藝文
志道家有公子牟四篇班固曰先莊子莊子稱之今莊子有公子牟
稱莊子之言以折公孫龍據即與莊子同時也又列子稱公子牟解
公孫龍之言公孫龍平原君之客而張湛以爲文侯子據年代非也
說苑曰公子牟東行穰侯送之未知何者爲定也忍情性綦谿利跂忍謂違矯其性也綦谿未
詳蓋與跂義同也利與離同離跂違俗自絜之貌謂離於物而跂足也莊子曰楊墨乃始離跂自以爲得離力智反跂丘氏反苟
以分異人爲高苟求分異不同於人以爲高行也不足以合大衆
明大分既求分異則不足合大衆苟立小節故不足明大分大分謂忠孝之大義也然而其
持之有故其言之成理足以欺惑愚衆是
陳仲史鰌也已解上不知壹天下建國家之權

稱不知齊一天下建立國家之權稱言不知輕重稱尺證反上功用大儉約而僈
差等功用功力也大讀曰太言以功力爲上而過儉約也僈輕也輕僈差等謂欲使君臣上下同勞苦也曾不
足以容辨異縣君臣上下同等則其中不容分别而縣隔君臣也然而
其持之有故其言之成理足以欺惑愚衆
是墨翟宋銒也宋銒宋人與孟子尹文子彭蒙慎到同時孟子作宋牼牼與銒同音口莖反
尚法而無法下脩而好作尚上也言所著書雖以法爲上而自無法以脩
立爲下而好作爲言自相矛盾也上則取聽於上下則取從於俗
言苟順上下意也終日言成文典及紃察之則倜然無

所歸宿紃與循同倜然疏遠貌宿止也雖言成文典若循察則疏遠無所指歸也不可以經
國定分取聽於上取從於俗故法度不立也然而其持之有故其
言之成理足以欺惑愚衆是慎到田駢也
田駢齊人遊稷下著書十五篇其學本黃老大歸名法慎到已解上不法先王不是禮義
不以禮義爲是而好治怪說玩琦辭玩與翫同琦讀爲奇異之奇甚察
而不惠惠順辯而無用多事而寡功不可以
爲治綱紀然而其持之有故其言之成理
足以欺惑愚衆是惠施鄧析也略法先王

而不知其統言其大略雖法先王而不知體統統謂綱紀也然而猶材劇
志大聞見雜博案往舊造說謂之五行案前
古之事而自造其說謂之五行五行五常仁義禮智信也甚僻違而無類幽隱而
無說閉約而無解約結也解說也僻違無類謂乖僻違戾而不知善類也幽隱無說閉約無
解謂其言幽隱閉結而不能自解說謂但言堯舜之道而不知其典作方略也荀卿常言法後王治當世而孟軻子思以爲必行堯舜文
武之道然後爲治不知隨時設教救當世之弊故言僻違無類孟子曰管仲曾西之所不爲解佳買反案飾其辭
而祗敬之曰此眞先君子之言也言自敬其辭說先君子孔
子也子思唱之孟軻和之子思孔子之孫名伋字子思孟軻鄒人字子輿皆著書七篇

世俗之溝猶瞀儒嚾嚾然不知其所非也（溝讀爲拘拘愚也猶猶豫不定也瞀闇也漢書五行志作區瞀與此義同嚾嚾喧囂之貌謂爭辨也拘音寇猶音柚）遂受而傳之以爲仲尼子游爲茲厚於後世（仲尼子游爲此言垂德厚於後世也）是則子思孟軻之罪也若夫總方略齊言行壹統類而羣天下之英傑而告之以大古教之以至順（總領也統謂綱紀類謂比類大謂之統分別謂之類羣會合也大讀曰太）奧窔之閒簟席之上斂然聖王之文章具焉佛然平世之俗起焉（西南隅謂之奧東南隅謂之窔言不出室堂之內也斂聚集之貌佛讀爲勃勃然興起貌窔一弔反）則六說者不能入也十二子者不能親也無置錐之地而王公不能與之爭名在一大夫之位則一君不能獨畜一國不能獨容（言王者之佐雖在下位非諸侯所能畜一國所能容或曰時君不知其賢無一君一國能畜者故仲尼所至輒去也）成名況乎諸侯莫不願以爲臣（況比也言其所成之名比況於人莫與爲偶故諸侯莫不願得以爲臣或曰旣成名之後則王者之輔佐也況諸侯莫不願得以爲臣乎未知其賢則無國能容也或曰況猶益也國語驪姬曰衆況厚之）是聖人之不得埶者也仲尼子弓是也一天下財萬物

財與裁同長養人民兼利天下通達之屬莫不從服通達之屬謂舟車所至人力所通者也六說者立息十二子者遷化遷而從化則是聖人之得勢者舜禹是也今夫仁人也將何務哉上則法舜禹之制下則法仲尼子弓之義以務息十二子之說如是則天下之害除仁人之事畢聖王之跡著矣

信信信也疑疑亦信也信可信者疑可疑者意雖不同皆歸於信也貴賢仁也賤不肖亦仁也言而當知也默而當亦知也故知默由知言也論語曰知之爲知之不知爲不知是知也當丁浪反故多言而類聖人也少言而法君子也言雖多而不流湎皆類於禮義是聖人之制作者也少言而法謂不敢自造言說所言皆守典法也多少無法而流湎然雖辯小人也湎沈也流者不復反沈者不復出也故勞力而不當民務謂之姦事民務四民之務勞知而不律先王謂之姦心律法辯說譬諭齊給便利而不順禮義謂之姦說齊疾也給急也便利亦謂言辭敏捷也此三姦

者聖王之所禁也。知而險賊而神（用智於險賊害不測如神也），爲詐而巧（巧於爲詐），言無用而辯（言辯而無用也），辯不惠而察（惠順也辭辯不順道理而聰察也），治之大殃也。行辟而堅（辟讀曰僻），飾非而好（好飾非也），玩姦而澤（玩與翫同習姦而使有潤澤也），言辯而逆，古之大禁也（逆者乖於常理）。知而無法（騁其異見知如字也），勇而無憚（輕死），察辯而操僻淫（爲察察之辯而操持僻淫之事操七刀反），大而用之（以前數事爲大而用之也），好姦而與衆（好姦而與衆人共之謂使人同之也），利足而迷（苟求利足而迷惑不顧禍患也），負石而墜（謂申徒狄負石投河言好名以至此也亦利足而迷者之類也），是天下之所弃也。

兼服天下之心：高上尊貴不以驕人（在貴位不驕人），聰明聖知不以窮人，齊給速通不爭先人，剛毅勇敢不以傷人，不知則問，不能則學，雖能必讓，然後爲德（然後爲聖賢之德也）。遇君則脩臣下之義，遇鄉則脩長幼之義（在鄉黨之中也），遇長則脩子弟之義，遇友則脩禮節辭讓之義，遇賤而少者則脩告導寬容之義。無不愛也，

無不敬也無與人爭也恢然如天地之苞
萬物如是則賢者貴之不肖者親之如是
而不服者則可謂訞怪狡猾之人矣 訞與妖同 雖
則子弟之中刑及之而宜 妖怪狡猾之人雖在家人子弟之中亦宜刑戮
及之況公法乎 詩云匪上帝不時殷不用舊雖無老成
人尚有典刑曾是莫聽大命以傾此之謂
也 詩大雅蕩之篇鄭云老成人伊尹伊陟臣扈之屬也典刑常事故法也
古之所謂士仕者厚敦者也合羣者也 士仕謂士

之入仕合謂和合羣衆也 樂富貴者也 樂其道也 樂分施者也 施或所宜反
遠罪過者也 遠于願反 務事理者也 務使事有條理 羞獨富
者也 使家給人足也 今之所謂士仕者汙漫者也賊
亂者也 汙漫已解在榮辱篇 恣睢者也 恣睢已解於上 貪利者也
觸抵者也 恃權埶而忤人 無禮義而唯權埶之嗜者
也古之所謂處士者德盛者也能靜者也
處士不仕者也易曰或出或處能靜謂安時處順也 脩正者也知命者也箸是
者也 明箸其時是之事不使人疑其姦詐也 今之所謂處士者無

能而云能者也云能自言其能也慎子曰勁而害能則亂也云能而害無能則亂也蓋戰國時
以言能爲云能當時之語也無知而云知者也利心無足而佯無
欲者也好利不知足而詐爲無欲者也行僞險穢而彊高言謹
愨者也以不俗爲俗以不合俗人自爲其俗也離縱而跂訾
者也訾讀爲恣離縱謂離於俗而放縱跂恣謂跂足違俗而恣其志意皆違俗自高之貌或曰縱當爲縰傳寫
誤耳縰與纚同步也離縰謂離於俗而步去跂訾亦謂跂足自高而訾毁於人離力智反跂丘氏反縰所綺反士君

子之所能不能爲
君子能爲可貴不能使人必貴己可貴謂道德也能
爲可信不能使人必信己能爲可用不能
使人必用己可用謂才能也故君子恥不脩不恥見
汙見汙爲人所汙穢也恥不信不恥不見信恥不能不
恥不見用是以不誘於譽不恐於誹虛譽不能誘誹
謗不能動率道而行端然正己不爲物傾側夫是
之謂誠君子誠實也謂無虛僞也詩云温温恭人維德
之基此之謂也已解在不苟篇
士君子之容其冠進其衣逢其容良進謂冠在

前也逢大也謂逢掖也良謂樂易也儼然壯然祺然蕼然恢恢然廣廣
然昭昭然蕩蕩然是父兄之容也儼然矜莊之貌壯然不可
犯之貌或當爲莊祺然蕼然未詳或曰祺祥也吉也謂安泰不憂懼之貌蕼當爲肆謂寬舒之貌恢恢廣廣皆容衆貌昭昭明
顯之貌蕩蕩恢夷之貌其冠進其衣逢其容愨謹敬儉然
侈然輔然端然訾然洞然綴綴然瞀瞀然
是子弟之容也儉然自卑謙之貌侈然恃尊長之貌爾雅曰侈恃也郭云江東呼母爲侈
音紙輔然相親附之貌端然不傾倚之貌洞然恭敬之貌禮記曰洞洞乎其敬也綴綴然不乖離之貌謂相連綴也瞀瞀然不敢正
視之貌吾語汝學者之嵬容說學者爲嵬行之形狀嵬巳解於上其冠

絻其纓禁緩其容簡連絻當爲俛謂太向前而低俯也纓冠之繫也禁緩未
詳或曰讀爲紟紟帶也言其纓大如帶而緩也簡連傲慢不前之貌紟其禁反連讀如往蹇來連之連填填然
狄狄然莫莫然瞡瞡然瞿瞿然盡盡然盱
盱然填填滿足貌狄讀爲趯跳躍之貌莫讀爲貊貊靜也不言之貌或動而跳躍或靜而不言皆謂舉指無恒也瞡瞡未
詳或曰瞡與規同規規小見之貌瞿瞿瞪視之貌盡盡極視盡物之貌盱盱張目之貌皆謂視瞻不平或大察也盱許于反酒
食聲色之中瞞瞞然瞑瞑然瞞瞞閉目之貌瞑瞑視不審貌謂好悅之
甚佯若不視也瞞莫干反瞑毋丁反禮節之中則疾疾然訾訾然謂憎
嫉毀訾也勞苦事業之中則儢儢然離離然偷儒

而罔無廉恥而忍謑（音傒）詬是學者之嵬也（事業謂作業也儢儢不勉彊之貌離離不親事之貌陸法言云儢心不力也音呂偷儒謂苟辟事之勞苦也罔謂罔冒不畏人之言也謑詬謂詈辱也此一章皆明視其狀貌而辨善惡也今之所解或取聲韻假借或推傳寫錯誤因隨所見而通之也）弟佗其冠神禫其辭（弟佗其冠未詳神禫當爲沖澹謂其言淡泊也）禹行而舜趨是子張氏之賤儒也（但宗聖人之威儀而已矣）正其衣冠齊其顏色嗛然而終日不言是子夏氏之賤儒也（嗛與慊同快也謂自得之貌終日不言謂務於沈默史記樂毅與燕惠王書曰先王以爲嗛於志也）偷儒憚事無廉恥而耆飲食必曰君子固不用力是子游氏之賤儒也（偷儒已解上耆與嗜同此皆言先儒性有所偏愚者效而慕之故有此敝也）彼君子則不然佚而不惰勞而不優（雖逸而不懈惰雖勞而不弛慢）宗原應變曲得其宜如是然後聖人也（宗原根本也言根本及應變皆曲得其宜也）

仲尼篇第七

仲尼之門人五尺之豎子言羞稱乎五伯是何也曰然彼誠可羞稱也齊桓五伯之盛者也（言盛者猶如此況其下乎伯讀爲霸或曰伯長也爲諸侯之長春秋傳曰王命內史叔興父策命晉

爲侯伯也前事則殺兄而爭國兄子糾也内行則姑姊妹之不嫁者七人閨門之内般樂奢汰般亦樂也汰侈也音太下同以齊之分奉之而不足分半也用賦稅之半也公羊傳曰師喪分焉外事則詐邾襲莒并國三十五詐邾未聞襲莒謂桓公與管仲謀伐莒未發爲東郭牙先知之是也并國三十五謂滅譚滅遂滅項之類其餘所未盡聞也其事行也若是其險汙淫汰也如彼事險而行汙也行下孟反固曷足稱乎大君子之門哉若是而不亡乃霸何也曰於乎夫齊桓公有天下之大

節焉夫孰能亡之於乎讀爲嗚呼歎美之聲大節謂大節義也倓然見管仲之能足以託國也是天下之大知也倓安也安然不疑也大知謂知人之大也倓他坎反安忘其怒出忘其讎遂立以爲仲父是天下之大決也安猶内也出猶外也言内忘忿恚之怒外忘射鉤之讎仲者夷吾之字父者事之如父故號爲仲父大決謂斷決之大也立以爲仲父而貴戚莫之敢妬也不敢妬其親密與之高國之位而本朝之臣莫之敢惡也高子國子世爲齊上卿今以其位與之本朝之臣謂舊臣也春秋傳管仲曰有天子之二守國高在與之書社三百而富

人莫之敢距也 書社謂以社之戶口書於版圖周禮二十五家爲社距與拒同敵也言齊之富人莫有敢敵管仲者也 貴賤長少秩秩焉莫不從桓公而貴敬之是天下之大節也 秩秩順敘之皃 諸侯有一節如是則莫之能亡也桓公兼此數節者而盡有之夫又何可亡也其霸也宜哉非幸也數也 其術數可霸非爲幸遇也 然而仲尼之門人五尺之豎子言羞稱乎五伯是何也曰然彼非本政教也非致隆高也 致至極也 非綦文理也 非極有文章條理也 非服人之心也 非以義服之也 鄉方略審勞佚 鄉讀爲向趨也審勞佚謂審知使人之勞佚也 畜積脩鬭而能顛倒其敵者也 畜積倉廩脩戰鬭之術而能傾覆其敵也 詐心以勝矣彼以讓飾爭依乎仁而蹈利者也 爲讓所以飾爭非眞讓也行仁所以蹈利非眞仁也 小人之傑也彼固曷足稱乎大君子之門哉 前章言五霸救時故褒美之此章明王者之政故言其失孟子曰五霸者三王之罪人也 彼王者則不然致賢能而以救不肖致彊而能以寬弱戰必能殆之而羞與之鬭

必以義服不力服也委然成文以示之天下委然俯就之貌言就人使成文理以示
天下而暴國安自化矣有災繆者然後誅之有災
怪繆戾者然後誅之非顛倒其敵也故聖王之誅也綦省矣省少也所景反
文王誅四四謂密也阮也共也崇也詩曰密人不恭敢拒大邦侵阮徂共春秋傳曰文王聞崇德亂而伐
之因壘而降史記亦說文王征伐與此小異誅者討伐殺戮之通名武王誅二史記云武王斬紂與妲己尸子
曰武王親射惡來之口親斫殷紂之頸手汙於血不溫而食當此之時猶猛獸者也周公卒業周公終王業亦
時有小征伐謂三監淮夷商奄也至於成王則安以無誅矣言其化行刑措
也故道豈不行矣哉以此言之道豈不行人自不行耳故又以下事明之文王

載百里地而天下一所載之地不過百里而天下一以有道也桀紂舍
之厚於有天下之勢而不得以匹夫老桀紂
舍道雖有天下厚重之勢而不得如庶人壽終故善用之則百里之國足
以獨立矣不善用之則楚六千里而爲讎
人役善用謂善用道也讎人秦也楚懷王死於秦其子襄王又爲秦所制而役使之也故人
主不務得道而廣有其埶是其所以危也
持寵處位終身不厭之術論人臣處位可終身行之之術主
尊貴之則恭敬而僔僔與撙同卑退也主信愛之

則謹愼而嗛（嗛與歉同不足也言不敢自滿也按春秋穀梁傳曰一穀不升謂之嗛）主專任之則拘守而詳（謹守職事詳明法度）主安近之則愼比而不邪（謹愼親比於上而不回邪諂佞）主疏遠之則全一而不倍（不以疏遠而懷離貳之心）主損絀之則恐懼而不怨貴而不爲夸（夸奢侈也）信而不忘處謙（謙讀爲嫌得信於主不處嫌疑間使人疑其作威福也）任重而不敢專財利至則言善而不及也必將盡辭讓之義然後受（善而不及而如也言己之善寡如不合當此財利也）福事至則和而理禍事至則靜而理（理謂不失其道和而理謂不充屈靜而理謂不隕穫也）富則施廣貧則用節可貴可賤也可富可貧也可殺而不可使爲姦也（君雖寵榮屈辱之終不可使爲姦也）是持寵處身不厭之術也雖在貧窮徒處之埶亦取象於是矣夫是之謂吉人（徒處徒行或曰獨處也雖貧賤其所立志亦取法於此也）詩曰媚茲一人應侯順德永言孝思昭哉嗣服此之謂也（詩大雅下武之篇一人謂君也應當侯維服事也鄭云媚愛茲此也可愛乎武王能當此順德謂能成其祖考之功也服事也明哉武王之嗣行祖考之事謂伐紂定天下引此者明臣事君亦猶

（武王之繼祖考也）

求善處大重理任大事（大重謂大位也）擅寵於萬乘之國必無後患之術莫若好同之（好賢人與之同者也）援賢博施除怨而無妨害人（除怨不念舊惡）能耐任之則慎行此道也（耐忍也慎讀爲順言人有賢能者雖不欲用必忍而用之則順己所行之道耐乃代反）能而不耐任（有能者不忍急用之）且恐失寵則莫若早同之推賢讓能而安隨其後如是有寵則必榮失寵則必無罪是事君者之寶而必無後患之術也（或曰荀子非王道之書其言駁雜今此又言以術事君曰不然夫荀卿生於衰世意在濟時故或論王道或論霸道或論彊國在時君所擇同歸於治者也若高言堯舜則道不必合何以拯斯民於塗炭乎故反經合義曲成其道若得行其志治平之後則亦堯舜之道也又荀卿門人多仕於大國故戒其保身推賢之術與大雅既明且哲豈云異哉）故知兵者之舉事也滿則慮嗛（嗛不足也當其盈滿則思其後不足之時而先防之）平則慮險安則慮危曲重其豫猶恐及其旤是以百舉而不陷也（委曲重多而備豫之猶恐其及旤旤與禍同）孔子曰巧而好度必節勇而好同必勝知而好謙必賢此之謂也

巧者多作浧靡故好法度者必得其節勇者多陵物故好與人同者必勝之也愚者反是處重

擅權則好專事而妬賢能抑有功而擠有

罪志驕盈而輕舊怨擠排也言重傷之也輕舊怨謂輕報舊怨以吝

嗇而不行施道乎上爲重招權於下以妨

害人雖欲無危得乎哉施道施惠之道欲重其威福故招權使歸於己

是以位尊則必危任重則必廢擅寵則必

辱可立而待也可炊而僓也炊與吹同僓當爲僵言可以氣吹之

而僵仆僓音竟是行也則墮之者衆而持之者寡矣墮許規反

天下之行術可以行於天下之術以事君則必通以爲

仁則必聖立隆而勿貳也仁謂仁人聖亦通也以事君則必通達以

爲仁則必有聖知之名者在於所立專厚而專一也此謂可行天下之術也然後恭敬以

先之忠信以統之愼謹以行之端慤以守

之頓窮則從之疾力以申重之以專厚不貳爲本然後輔之以

恭敬之屬頓謂困躓也疾力勤力也困厄之時則尤加勤力而不敢怠惰申重猶再三也君雖不知無

怨疾之心功雖甚大無伐德之色省求多

功愛敬不倦如是則常無不順矣（省少也少所求即多立功勞省所景反）以事君則必通以爲仁則必聖夫是之謂天下之行術

少事長賤事貴不肖事賢是天下之通義也有人也埶不在人上而羞爲人下是姦人之心也志不免乎姦心行不免乎姦道而求有君子聖人之名辟之是猶伏而咶天救經而引其足也（辟讀爲譬咶與舐同經縊也伏而舐天愈益遠也救經而引其足愈益急也經音徑）説必不行矣俞務而俞遠（俞讀爲愈）故君子時詘則詘時伸則伸也（埶在上則爲上在下則爲下必當其分安有埶不在上而羞爲下之心哉）

荀子卷第三

荀子卷第四

登仕郎守大理評事楊倞注

儒效篇第八效功也

大儒之效武王崩成王幼周公屛成王而及武王以屬天下惡天下之倍周也屛蔽及繼屬續也屬之欲反履天下之籍籍謂天下之圖籍也聽天下之斷偃然如固有之而天下不稱貪焉偃然猶安然固有之謂如固合有此位也殺管叔虛殷國而天下不稱戾焉虛讀為墟戾暴也墟殷國謂殺武庚遷殷頑民于洛邑朝歌為墟也兼制天下立七十一國姬姓獨居五十三人而天下不稱偏焉左氏傳成鱄對魏獻子曰昔武王克商光有天下其兄弟之國者十有五人姬姓之國者四十人皆舉親也與此數略同言四十人蓋舉成數又曰昔周公弔二叔之不咸故封建親戚以蕃周室管蔡郕霍魯衛毛聃郜雍曹滕畢原酆郇文之昭也邘晉應韓武之穆也凡蔣邢茅胙祭周公之胤也餘國名淺學難盡詳究教誨開導成王使諭於道而能揜迹於文武開導謂開通導達揜襲也周公歸周周公所封畿內之國亦名周春秋周公黑肩蓋其後也言周公自歸其國也反籍於成王而天下不輟事周然而周公北

面而朝之待其國安之後北面爲臣明攝政非爲己也天子也者不可
以少當也不可少頃當此位也不可以假攝爲也周公所以少頃假攝天子
之位蓋權宜以安周室也能則天下歸之不能則天下去之
是以周公屏成王而及武王以屬天下惡
天下之離周也成王冠成人周公歸周反
籍焉明不滅主之義也周公無天下矣鄉
有天下今無天下非擅也鄉讀爲向下同擅與禪同言非禪讓與成
王也成王鄉無天下今有天下非奪也變勢

次序節然也節期也權變次序之期如此也故以枝代主而非
越也枝枝子周公武王之弟故曰枝主成王也以弟誅兄而非暴也
謂殺管叔管叔周公之兄也君臣易位而非不順也時不得不然故易位
非爲不順因天下之和遂文武之業明枝主之義
抑亦變化矣天下厭然猶一也厭然順從之貌一涉反
非聖人莫之能爲夫是謂大儒之效
秦昭王問孫卿子曰儒無益於人之國漢宣
帝名詢劉向編錄故以荀卿爲孫卿也孫卿子曰儒者法先王隆

禮義謹乎臣子而致貴其上者也（謹乎臣子謂使不敢爲非致極也）人主用之則勢在本朝而宜（言儒者得權勢在本朝則事皆合宜也）不用則退編百姓而愨必爲順下矣（必不爲勃亂也）雖窮困凍餧必不以邪道爲貪無置錐之地而明於持社稷之大義嗚呼而莫之能應然而通乎財萬物養百姓之經紀（嗚呼嘆辭也財與裁同雖嘆其莫己知無應之者而亦不怠惰困弃常通於裁萬物養百姓之綱紀也）勢在人上則王公之材也（在人之上謂爲人君也）在人下則社稷之臣國君之寶也雖隱於窮閻漏屋人莫不貴之道誠存也（窮閻窮僻之處閻里門也漏屋敝屋漏雨者也）仲尼將爲魯司寇（魯司寇也）沈猶氏不敢朝飲其羊公慎氏出其妻慎潰氏踰境而徙（皆魯人家語曰沈猶氏常朝飲其羊以詐市人公慎氏妻淫不制慎潰氏奢侈踰法魯之粥六畜者飾之以儲賈）魯之粥牛馬者不豫賈必蚤正以待之也（豫賈定爲高價也粥牛馬者不敢高價言仲尼必先正其身以待物故得從化如此賈讀爲價）居於闕黨闕黨之子弟罔不分有親者取多（居謂孔子閒居闕黨）

（之子弟罔不分均有無於分均之中有父母者取其多也）孝弟以化之也（由孔子以孝弟化之）儒者在本朝則美政在下位則美俗儒之爲人下如是矣王曰然則其爲人上何如孫卿曰其爲人上也廣大矣志意定乎內禮節脩乎朝法則度量正乎官忠信愛利形乎下（官百官形見也）行一不義殺一無罪而得天下不爲也此君子義信乎人矣通於四海則天下應之如讙（以君義通於四海故應之如讙讙喧也言聲齊應之也）

是何也則貴名白而天下治也（貴名謂儒名可貴白明顯）故近者歌謳而樂之遠者竭蹷而趨之（竭蹷顛倒也遠者顛倒趨之如不及然）四海之內若一家通達之屬莫不從服夫是之謂人師（通達之屬謂舟車所至人力所通之處也師長也言儒者之功如此故可以爲人師長也）詩曰自西自東自南自北無思不服此之謂也（詩大雅文王有聲之篇引此以明天下皆歸之也）夫其爲人下也如彼其爲人上也如此何謂其無益於人之國也昭王曰善

先王之道仁之隆也比中而行之（先王之道謂儒學仁人之所崇高也以其比類中道而行之不爲詭異之說不高不下使賢不肖皆可及也）曷謂中曰禮義是也道者非天之道非地之道人之所以道也（重說先王之道非陰陽山川怪異之事是人所行之道也）君子之所道也君子之所謂賢者非能徧能人之所能之謂也君子之所謂知者非能徧知人之所知之謂也君子之所謂辨者非能徧辨人之所辨之謂也君子之所謂察者非能徧察人之所察之謂也有所正矣（苟得其正不必徧能或曰正當爲止言止於禮義也）相高下視墝肥序五種君子不如農人（相視也高下原隰也墝薄田也五種黍稷豆麥麻序謂不失次序各當土宜也）通財貨相美惡辨貴賤君子不如賈人（視貨物之美惡辨其貴賤也賈與估同）設規矩陳繩墨便備用君子不如工人（便備用謂精巧便於備用）不卹是非然不然之情以相薦撙以相恥怍君子不若惠施鄧析也（薦藉也謂相蹈藉撙抑皆謂相陵駕也怍慙也）若夫譎德而定次（譎與商同古字商度其德而定位次）

本或亦多作讁讁與決同謂斷決其德故下亦有決德而定次也量能而授官使
賢不肖皆得其位能不能皆得其官任使各當其才
萬物得其宜事變得其應愼墨不得進其
談惠施鄧析不敢竄其察竄隱匿也言二子之察無
所逃匿君子皆識也言必治當事必當務是然後君
子之所長也凡事行有益於治者立之
行下孟反無益於理者廢之夫是之謂中事凡知
說有益於理者爲之無益於理者舍之夫
是之謂中說行事失中謂之姦事知說失中

謂之姦道姦事姦道治世之所弃而亂世之
所從服也若夫充虛之相施易也充實也施讀曰移易謂使
實者虛虛者實堅白同異之分隔也以堅白同異之言相分別隔異同異已解
上也是聰耳之所不能聽也明目之所不能見
也辯士之所不能言也雖有聖人之知未
能僂指也僂疾也言雖聖人亦不可疾速指陳僂力主反公羊傳曰夫人不僂何休曰僂疾也齊人
言也不知無害爲君子知之無損爲小人工匠

不知無害爲巧君子不知無害爲治（君子卿大夫也）王公好之則亂法百姓好之則亂事（事謂作業）而狂惑戇陋之人乃始率其羣徒辨其談說明其辟稱老身長子不知惡也（戇愚也辟音譬稱尺證反身老子長言終身不知惡之也）夫是之謂上愚（有偏僻之見非昧然無知然亦不免於愚故曰上愚）曾不如好相鷄狗之可以爲名也（有惠施鄧析之名尚不如相鷄狗之名也）詩曰爲鬼爲蜮則不可得有靦面目視人罔極作此好歌以極反側此之謂也（詩小雅何人斯之篇毛云蜮短狐也靦姡也鄭云使汝爲鬼爲蜮也則汝誠不可得見也姡然有面目女乃人也人相視無有極時終必與女相見也引此以喻狂惑之人也）

我欲賤而貴愚而知貧而富可乎曰其唯學乎彼學者行之曰士也（彼爲儒學者能行則爲士也士者脩立之稱）孰慕焉君子也（孰厚慕之）知之聖人也（知之謂通於學也於事皆通則與聖人無異也）上爲聖人下爲士君子孰禁我哉（爲學之後則誰能禁我使不爲聖人士君子也）鄉也混然涂之人也俄而並乎堯禹豈不賤而貴矣哉（混然無所知之貌並

（比也鄉音向涂與途同）鄉也效門室之辨混然曾不能決也（效白辨別也向者明白門室之別異猶不能決言所知淺也）俄而原仁義分是非圖回天下於掌上而辨白黑豈不愚而知矣哉（原本也謂知仁義之本圖謀也回轉也言圖謀運轉天下之事如在掌上也）鄉也胥靡之人俄而治天下之大器舉在此豈不貧而富矣哉（胥靡刑徒人也胥相靡繫也謂鏁相聯相繫漢書所謂鋃鐺者也舉皆也顏師古曰聯繫使相隨而服役之猶今囚徒以鏁連枷也）今有人於此屑然藏千溢之寶雖行貣而食人謂之富矣（屑然雜碎衆多之貌行貣行乞也貣土得反）彼寶也者衣之不可衣也（下衣於既反言以爲衣則不可衣著）食之不可食也賣之不可僂售也（僂疾）然而人謂之富何也豈不大富之器誠在此也（喻學者雖未得衣食亦猶藏千金之寶也）是杅杅亦當人已豈不貧而富矣哉（杅杅即于于也自足之貌莊子曰聽居居視于于也）故君子無爵而貴無祿而富不言而信不怒而威窮處而榮獨居而樂豈不至尊至富至重至嚴之情舉積此哉（舉皆也此此儒學也其情皆在

此故人尊貴敬之故曰貴名不可以比周爭也不可以夸誕有也不可以勢重脅也必將誠此然後就也貴名人所貴儒學之名此身也爭之則失讓之則至遵道則積夸誕則虛遵道則自委積夸誕則尤益空虛也故君子務脩其內而讓之於外務積德於身而處之以遵道如是則貴名起如日月天下應之如雷霆衆應之聲如雷故曰君子隱而顯微而明辭讓而勝詩曰鶴鳴于九臯聲聞于天此之謂也詩小雅鶴鳴之篇毛云臯澤也言身隱而名著也鄭云臯澤中水溢出所為坎自外數至九喻深遠也鄙夫反是比周而譽俞少鄙爭而名俞辱煩勞以求安利其身而俞危俞讀為愈詩曰民之無良相怨一方受爵不讓至于己斯亡此之謂也詩小雅角弓之篇引此以明不責己而怨人故不能小而事大辟之是猶力之少而任重也舍粹折無適也舍除也粹讀為碎除碎折之外無所之適言必碎折身不肖而誣賢是猶傴身而好升高也指

其頂者愈衆傴傴僂也傴身之人而强舁高則頭頂尤低屈故指而笑者愈衆故明主譎德而序位所以爲不亂也忠臣誠能然後敢受職所以爲不窮也分不亂於上能不窮於下治辨之極也不亂謂皆當其序不窮謂通於其職列也言儒爲治辨之極也詩曰平平左右亦是率從是言上下之交不相亂也詩小雅采菽之篇毛云平平辯治也交謂上下相交接也以從俗爲善以貨財爲寶以養生爲己至道是民德也養生爲己至道謂莊生之徒民德言不知禮義也行法至

堅不以私欲亂所聞如是則可謂勁士矣行法至堅好脩正其所聞以橋飾其情性行法謂行有法度行下孟反橋與矯同其言多當矣而未諭也其行多當矣而未安也其知慮多當矣而未周密也未喻謂未盡曉其義未安謂未得如天性安行之也周密謂盡善也上則能大其所隆下則能開道不己若者如是則可謂篤厚君子矣脩百王之法若辨白黑應當世之變若數一二如數一二之易行禮要節而安

之若生四枝要邀也節節文也言安於禮節若身之生四枝不以造作為也要一遙反及下要時同要時立功之巧若詔四時邀時立功之巧謂不失機權若天告四時使成萬物也平正和民之善億萬之衆而博若一人如是則可謂聖人矣雖博雜衆多如理一人之少也井井兮其有理也井井兮良易之貌理有條理也嚴嚴兮其能敬己也嚴嚴兮有威重之貌能敬己不可以干非禮也嚴或為儼分分兮其有終始也事各當其分即無雜亂故能有終始分扶問反猒猒兮其能長久也猒足也亂生於不足故知足然後能長久也樂樂兮其執道不殆也殆危也炤炤兮其用知之明也炤炤明見之貌炤與照同脩脩兮其用統類之行也脩脩整齊之貌統類綱紀也言事不乖悖也綏綏兮其有文章也綏綏安泰之貌綏或為葳蕤之貌熙熙兮其樂人之臧也熙熙和樂之貌隱隱兮其恐人之不當也隱隱憂戚貌恐人之行事不當理此以上皆論大儒之德也如是則可謂聖人矣此其道出乎一曷謂一曰執神而固執持精神堅固曷謂神曰盡善挾治之謂神萬物莫足以傾之之謂固挾讀為浹浹周洽也神固之謂聖人聖人也者

道之管也天下之道管是矣百王之道一
是矣管樞要也是是儒學故詩書禮樂之歸是矣詩言
是其志也是儒之志書言是其事也禮言是其
行也樂言是其和也春秋言是其微也微謂
儒之微旨一字爲褒貶微其文隱其義之類是也故風之所以爲不逐者
取是以節之也風國風逐流蕩也國風所以不隨荒暴之君而流蕩者取聖人之儒道以
節之也詩序曰變風發乎情止乎禮義發乎情人之性也止乎禮義先王之澤也小雅之所
以爲小者取是而文之也雅正也文飾也大雅之所以

爲大者取是而光之也雅正也文飾也頌之所以爲
至者取是而通之也至謂盛德之極天下之道畢是
矣鄉是者臧倍是者亡鄉是如不臧倍是
如不亡者自古及今未嘗有也是皆謂儒也鄉讀曰向
客有道曰孔子曰周公其盛乎言其德盛身貴
而愈恭家富而愈儉勝敵而愈戒戒備也言勝敵
而益戒備荀卿之時有客說孔子之言如此應之曰是殆非周公之
行非孔子之言也武王崩成王幼周公屏

成王而及武王履天子之籍負扆而坐（戶牖之間謂之扆）諸侯趨走堂下當是時也夫又誰為恭矣哉兼制天下立七十一國姬姓獨居五十三人焉周之子孫苟不狂惑者莫不為天下之顯諸侯孰謂周公儉哉武王之誅紂也行之日以兵忌（武王發兵以兵家所忌之日）東面而迎太歲（迎謂逆太歲尸子曰武王伐紂魚辛諫曰歲在北方不北征武王不從）至汜而汎至懷而壞（汜水名懷地名書曰覃懷厎績孔安國曰覃懷近河地名謂至汜而適遇水汎漲而至懷又河水汎溢也呂氏春秋曰武王伐紂天雨日夜不休汜音祀）至共頭而山隧（共河內縣名共頭蓋共縣之山名隧謂山石崩摧也隧讀為墜墜共音恭）霍叔懼曰出三日而五災至無乃不可乎（霍叔武王弟也出行也周居豐鎬軍出三日未當至共蓋文王三分天下有其二境土已近於洛矣或曰至汜之後三日也）周公曰刳比干而囚箕子飛廉惡來知政夫又惡有不可焉（比干紂賢臣箕子紂諸父箕國名子爵也飛廉惡來皆紂之嬖臣飛廉善走惡來有力也）遂選馬而進（選簡擇也）朝食於戚暮宿乎百泉（杜元凱云戚衛邑在頓丘衛縣西百泉蓋近朝歌地名左氏傳曰晉人敗范氏于百泉）厭旦於牧之野（厭掩也夜掩於旦謂未明已前也厭於甲反）鼓之而

紂卒易鄉（倒戈而攻後也鄉讀曰向）遂乘殷人而誅紂（紂乘其倒戈之勢）蓋殺者非周人因殷人也（非周人殺之因殷倒戈之勢自殺之）故無首虜之獲無蹈難之賞（周人無立功受賞者）反而定三革偃五兵（定息偃仆也皆不用之義三革犀也兕也牛也考功記曰函人爲甲犀甲七屬兕甲六屬合甲五屬穀梁傳曰天子救日置五麾陳五兵范甯云五兵矛戟鉞楯弓矢國語說齊桓定三革偃五刃韋昭云三革甲胄盾也五刃刀劒矛戟矢也）合天下立聲樂（合天下謂合會天下諸侯歸一統也）於是武象起而韶護廢矣（武象周武王克殷之後樂名武亦周頌篇名詩序曰武奏大武也禮記曰下管象朱干玉戚以冕而舞大武韶護殷樂名左氏傳曰吳季札見舞韶護者蓋殷時兼用舜樂武

王廢之也）四海之內莫不變心易慮以化順之故外闔不閉（闔門扇也）跨天下而無蘄（跨越也蘄求也越天下而無求言自足也亦人皆與之不待求也）當是時也夫又誰爲戒矣哉（太平如此復誰備戒）

造父者天下之善御者也無輿馬則無所見其能（造父周穆王之御者）羿者天下之善射者也無弧矢則無所見其巧（羿有窮之君逐夏太康而遂簒位者）大儒者善調一天下者也無百里之地則無所

見其功輿固馬選矣而不能以至遠一日而千里則非造父也弓調矢直矣而不能以射遠中微則非羿也善射者既能及遠又中微細之物也用百里之地而不能以調一天下制强暴則非大儒也彼大儒者雖隱於窮閻漏屋無置錐之地而王公不能與之爭名在一大夫之位則一君不能獨畜一國不能獨容成名況乎諸侯莫不願得以為臣已解非十二子篇用

百里之地而千里之國莫能與之爭勝笞棰暴國齊一天下而莫能傾也是大儒之徵也傾危也徵驗也其言有類其行有禮類善也謂比類於善不為狂妄之言其舉事無悔其持險應變曲當險危也其持危應變皆曲得其宜當丁浪反與時遷徙與世偃仰千舉萬變其道一也是大儒之稽也其道一謂皆歸於治也故禹湯文武事跡不同其於為治一也稽考也考成也其窮也俗儒笑之其通也英傑化之嵬瑣逃之倍千人曰英倍萬人曰傑言英傑之士則

慕而化之狂怪之人則畏而逃去之也邪說畏之衆人愧之衆人初皆非其所爲成功之後故自媿也媿或爲貴通則一天下窮則獨立貴名儒名天不能死地不能埋桀跖之世不能汙非大儒莫之能立仲尼子弓是也故有俗人者有俗儒者有雅儒者有大儒者辨儒者之異也有不學問無正義以富利爲隆是俗人者也逢衣淺帶解果其冠逢大也淺帶博帶也韓詩外傳作逢衣博帶言帶博則約束衣服者淺故曰淺帶解果未詳或曰解果陿隘也左思魏都賦曰風俗以韰倮爲嫿韰音下

介反倮音果嫿音獲靜好也或曰說苑淳于髡謂齊王曰臣笑鄰國之祠田以一壺酒三鮒魚祝曰蟹螺者宜禾汙邪者百車蟹螺蓋高地也今冠蓋亦比之謂強爲儒服而無其實也略法先王而足亂世術略粗也粗法先王之遺言不知大體故足以亂世法韓詩外傳作略法先王而不足於亂世繆學雜舉不知法後王而一制度不知隆禮義而殺詩書後王後世之王夫隨當時之政而立制度是一也若妄引上古不合於時制度亂矣故仲尼脩春秋盡用周法韓詩外傳作不知法先王也其衣冠行僞已同於世俗矣然而不知惡者衣冠即上所云逢衣淺帶之比行僞謂行僞而堅行下孟反其言議談說已無所以異於墨

子矣然而明不能分別呼先王以欺愚者而求衣食焉呼謂稱舉得委積足以揜其口則揚揚如也揚揚得意之貌隨其長子事其便辟舉其上客億然若終身之虜而不敢有他志是俗儒者也長子謂君之世子也便辟謂左右小臣親信者也便嬖延反辟讀曰嬖舉其上客謂褒美其上客冀得其助也億字書無所見蓋環繞囚拘之貌莊子曰睆然在纆之中法後王一制度隆禮義而殺詩書其言行已有大法矣然而明不能齊雖有大體其所見之明猶未能齊言行使無纖介之差法教之所

不及聞見之所未至則知不能類也有所未知則不能取比類而通之也禮記雖先王未之有可以義起是能類者矣知之曰知之不知曰不知內不自以誣外外不自以欺內不自欺人以是尊賢畏法而不敢怠傲是雅儒者也有雅德之儒也法先王統禮義一制度以淺持博以古持今以一持萬以淺持博謂見其淺則可以執持博也先王當爲後王以古持今當爲以今持古皆傳寫誤也苟仁義之類也雖在鳥獸之中若別白黑善類在鳥獸之中猶別況在人矣倚物怪變所未嘗

聞也所未嘗見也卒然起一方則舉統類而應之無所儗㤐倚奇也韓詩外傳作奇物怪變卒千忽反儗讀爲疑㤐與怍同奇物怪變卒然而起人所難處者大儒知其統類故舉以應之無所疑滯慚怍也張法而度之則晻然若合符節是大儒者也既無所疑作故開張其法以測度之則晻然如合符節言不差錯也度大各反晻與暗同符節相合之物也周禮門關用符節蓋以全竹爲之割之爲兩各執其一合之爲驗也故人主用俗人則萬乘之國亡不義而好利故亡也用俗儒則萬乘之國存僅存用雅儒則千乘之國安用大儒則百里之地久小國多患難用大儒然後可以長久也而後三年天下爲一諸侯爲臣長久之業既成又三年脩德化則可以一天下臣諸侯蓋殷湯周文皆化行之後三年而王也用萬乘之國則舉錯而定一朝而伯錯讀爲措伯讀爲霸言一朝而霸也不聞不若聞之聞之不若見之見之不若知之知之不若行之學至於行之而止矣行之明也行之則通明於事也明之爲聖人通明於事則爲聖人聖人也者本仁義當是非齊言行不失豪釐無他道焉已乎行之矣當丁浪反已止也言聖人無他在止於行其所學者也故聞

之而不見雖博必謬雖博聞必有謬誤也見之而不知雖識必妄見而不知雖能記識必昧於指意謂若制氏然也知之而不行雖敦必困苟不能行雖所知多厚必至困躓也不聞不見則雖當非仁也雖偶有所當非仁人君子之通明者也其道百舉而百陷也言偶中之道百舉而百陷無一可免也故人無師無法而知則必爲盜勇則必爲賊云能則必爲亂云能自言其能察則必爲怪惠施鄧析之比辯則必爲誕人有師有法而知則速通勇則速威云能則速成察則

速盡辯則速論察則速盡謂有聰察之性則能速盡物理速論謂能速論是非也故有師法者人之大寶也無師法者人之大殃也人無師法則隆情矣有師法則隆性矣隆厚也厚於情謂恣其情之所欲厚於性謂本於善也而師法者所得乎情非所受乎性不足以獨立而治情謂喜怒愛惡外物所感者也言師法之於人得於外情非天性所受故性不足獨立而治必在因外情而化之或曰情當爲積所得乎積習非受於天性既非天性則不可獨立而治必在化之也性也者吾所不能爲也然而可化也言天性非吾自能爲也必在化而爲之也情也者

非吾所有也然而可爲乎（言情非吾夭性所有然可以外物誘而爲之或曰情亦當爲積積習與天然有殊故曰非吾所有雖非所有然而可爲之也）注錯習俗所以化性也（注錯猶措置也錯千故反）并一而不二所以成積也（并讀爲併一謂師法二謂異端）習俗移志安久移質（習以爲俗則移其志安之既久則移本質）并一而不二則通於神明參於天地矣故積土而爲山積水而爲海旦暮積謂之歲至高謂之天至下謂之地宇中六指謂之極（六指上下四方也盡六指之遠則爲六極言積近以成遠）涂之人百姓積善而全盡謂之聖人彼求之而後得爲之而後成積之而後高盡之而後聖故聖人也者人之所積也（言其德行委積）人積耨耕而爲農夫積斲削而爲工匠積反貨而爲商賈（反讀爲販）積禮義而爲君子工匠之子莫不繼事而都國之民安習其服（安習其土風之衣服）居楚而楚居越而越居夏而夏（夏中夏）是非天性也積靡使然也（靡順也順其積習故能然）故人知謹注錯愼

習俗大積靡則爲君子矣大積靡謂以順積習爲也縱情性而不足問學則爲小人矣爲君子則常安榮矣爲小人則常危辱矣凡人莫不欲安榮而惡危辱故唯君子爲能得其所好小人則日徼其所惡徼與邀同招也一堯反詩曰維此良人弗求弗迪維彼忍心是顧是復民之貪亂寧爲荼毒此之謂也詩大雅桑柔之篇迪進也言厲王有此善人不求而進用之忍害爲惡之人反顧念而重復之故天下之民貪亂安然爲荼毒之行由王使之然也

人論論人之善惡論盧困反志不免於曲私而冀人之以己爲公也行不免於汙漫而冀人之以己爲脩也汙穢也漫欺誑也漫莫叛反甚愚陋溝瞀而冀人之以己爲知也是衆人也溝音寇愚也溝瞀無知也衆人謂衆庶人也志忍私然後能公行忍情性然後能脩忍謂矯其性行下孟反知而好問然後能才其智慮不及常好問然後能有才藝公脩而才可謂小儒矣皆矯其不及故爲小儒也志安公行安脩知通統類如是則可謂大儒矣大

儒者天子三公也（其才堪王者之佐也）小儒者諸侯大夫士也衆人者工農商賈也禮者人主之所以爲羣臣寸尺尋丈檢式也人倫盡矣（檢束也式法也度也尺寸尋丈所以知長短也檢束所以制放佚大儒可爲天子三公小儒可爲諸侯大夫禮可以總統羣臣人主之柄也倫當爲論或曰倫等也言人道差盡於禮也）

君子言有壇宇行有防表道有一隆（累土爲壇宇屋邊也防隄防表標也言有壇宇謂有所尊高也行有防表謂有標準也一隆謂厚於一不以異端亂之也）言道德之求不下於安存（此道德或當爲政治以下有道德之求故誤重寫耳故下云諸侯問政不及安存則不告也謂人以政治來求則以安存國家已上之事語之也）言志意之求不下於士（以脩其志意來求則語爲士已上之事）言道德之求不二後王（道德教化也人以教化來求則言當時之切所宜施行之事不二後王師告而不以遠古也舍後王而言遠古是二也）道過三代謂之蕩（道過三代已前事已久遠則爲浩蕩難信也）法二後王謂之不雅（雅正也其治法不論當時之事而廣說遠古則不爲正也）高之下之小之臣之不外是矣（臣當爲巨雖高下小大不出此壇宇防表也）是君子之所以騁志意於壇宇宮庭也（宮謂之室庭門屏之內也君子雖騁志意論說不出此壇宇宮庭之內也是時百家異說

多妄引前古以亂當世故荀卿屢有此言也故諸侯問政不及安存則不告也匹夫問學不及爲士則不教也百家之說不及先王則不聽也百家雜說不及先王之道妄起異端則君子不聽之也夫是之謂君子言有壇宇行有防表也

荀子卷第四